AF356837

CATALOGUE

DE

TABLEAUX ANCIENS

PROVENANT EN PARTIE

DE LA

COLLECTION DE Mme DE G....

PARMI LESQUELS

La Cuisinière hollandaise, attribué à Gérard DOW

ŒUVRES DIVERSES

PAR

V. Balen, D. V. Bergen
Bout et Boudewyns, Breughel, Jean le Ducq, Eliaerts, Franck, Orvel,
Deheem, de Hondt, Keyser, N. Maas, Peter Neefs
Verbruggen, etc.

ET

QUELQUES TABLEAUX

Des Écoles italienne et française

TRENTE BORDURES DORÉES

DONT LA VENTE AUX ENCHÈRES PUBLIQUES AURA LIEU

HOTEL DROUOT, SALLE N° 9

Le Lundi 2 Décembre 1872

A DEUX HEURES

Par le ministère de M° **ERNEST GIRARD**, Commissaire-Priseur
rue Notre-Dame-de-Lorette, 18,
Assisté de **MM. DHIOS** et **GEORGE**, Experts, rue Le Peletier, 33.

EXPOSITION PUBLIQUE

Le Dimanche 1er Décembre 1872, de 1 heure à 5 heures.

——

PARIS — 1872

IMPRIMERIE RENOU ET MAULDE
Rue de Rivoli, 144.

CATALOGUE

DE

TABLEAUX ANCIENS

PROVENANT EN PARTIE

DE LA

COLLECTION DE Mme DE G....

PARMI LESQUELS

La Cuisinière hollandaise, attribué à Gérard DOW

ŒUVRES DIVERSES

PAR

V. Balen, V. Bergen
Bout et Boudewyns, Breughel, Jean le Ducq, Eliaerts, Franck,
Deheem, de Hondt, Keyser, M. Maas, Peter Neefs
Verbruggen, etc.

ET

QUELQUES TABLEAUX

Des Écoles italienne et française

TRENTE BORDURES DORÉES

DONT LA VENTE AUX ENCHÈRES PUBLIQUES AURA LIEU

HOTEL DROUOT, SALLE N° 9

Le Lundi 2 Décembre 1872

A DEUX HEURES

Par le ministère de Me **ERNEST GIRARD**, Commissaire-Priseur
rue Notre-Dame-de-Lorette, 18,
Assisté de **MM. DHIOS** et **GEORGE**, Experts, rue Le Peletier, 33.

EXPOSITION PUBLIQUE

Le Dimanche 1er Décembre 1872, de 1 heure à 5 heures.

PARIS — 1872

CONDITIONS DE LA VENTE

Elle sera faite au comptant.

Les Adjudicataires paieront, en sus des adjudications, CINQ POUR CENT, applicables aux frais.

DÉSIGNATION

DES

TABLEAUX

BALEN (Van) et KESSEL (Van)

1 — Vertumne et Pomone.

Figures, par Van Balen ; oiseaux et plantes, par V. Kessel.

BERGEN (Dirck Van)

2 — Marche d'animaux.

BLES (H. Met de)

3 — Paysage : la Fuite en Égypte.

BOSCH (B. Van den)

4 — Atelier d'artistes.

BOUT et BOUDEWYNS

5 — Cavaliers auprès d'un pont.

BREUGHEL (Abraham)

6 — Bouquet de fleurs dans un vase en agate.

BREUGHEL et BALEN (Van)

7 — La Déposition de la croix. Médaillon encadré d'une guirlande de fleurs.

BREUGHEL

8 — Paysage : la Moisson.

CATENA (Vincent)

9 — La Vierge, l'Enfant Jésus, saint Joseph et saint Jean.

COXCIE (Michel)

10 — Portrait de femme en costume du xvie siècle, occupée à écrire.

COYPEL

11 — Figure allégorique (Buste).

COYPEL (École des)

12 — Bacchus et Ariane.

CRAYER (G. de)

13 — Tête de vieillard (Étude).

DIZIANI (Gasparo)

14 — Pan et Syrinx.

DIZIANI (Gasparo)

15 — Apollon et Daphné.

DOW (Attribué à GÉRARD)

16 — La Cuisinière hollandaise.

DUCQ (JAN LE)

17 — Corps de garde : Militaires et Courtisane.

DUMONT, le Romain

18 — La Sainte Famille.

ELIAERTS (J.-F)

19 — Pêches et Raisins. Signé.

EYCK (École de Van)

20 — Sainte Catherine.

FLEMALLE (BERTOLET)

21 — L'Entrée de Jésus dans Jérusalem.

FRANCK et BREUGHEL

22 — La Sainte Famille servie par des anges.

FRANCK (Fr.), le Vieux

23 — Le Festin de Balthazar.

Composition animée d'une quantité de petits personnages.

FRANCKEN (Sébastien)

24 — Dames et Seigneurs à table.

GRYEF (Antoine)

25 — Chiens de chasse et Trophées de gibier.

GUASPRE POUSSIN

26 — Pallas visitant Tisiphone.

HEEM (David de)

27 — Nature morte

Fruits variés, crabes, huitres et citrons.

HEUSCH (W. de)

28 — Paysage avec ruines

Peinture en camaïeu.

HOBBEMA (Genre de)

29 — Paysage.

HOECKE (J. Van den)

30 — La Sainte Famille.

HONDT (L. de)

31 — Combat de cavalerie sur la lisière d'un bois.

KEYSER (Th. de)

32 — Portrait d'une dame hollandaise.

KONINCK (Salomon)

33 — Portrait d'un rabbin.

LAIRESSE (GÉRARD de)

34 — Amours entourant un portrait d'une guirlande de fleurs.

LENAIN

35 — Famille de paysans.

MAAS (NICOLAS)

36 — Scène d'intérieur.

MEMLING (École de)

37 — Saint Jérôme.

MENGS

38 — Portrait de Christian, roi de Danemark.

MOLYN

39 — Porte de ville hollandaise.

MORONE (École de)

— 40 — Portrait d'homme.

MURILLO (École de)

— 41 — L'Assomption de la Vierge.

NATTIER

42 — Portrait de jeune femme.

NEEFS (Peter)

— 43 — Intérieur d'église.

NONNOTTE (Donat)

44 — Portrait d'homme.

Signé et daté 1750.

OGGIONE (Marco da)

45 — Le Sauveur du monde.

PALAMEDES

46 — Deux Soldats.

PECQUINOT (P.)

47 — Vue des environs de Naples.

PONTORME (Le)

48 — Sainte martyre.

PORBUS (École des)

49 — Portrait d'une jeune dame.

RÉMOND (Ch.), d'après Le Brun

50 — Le Christ en croix.

REMOND (Ch.), d'après Jouvenet

51 — L'Ensevelissement du Christ.

ROSA DI NAPOLI

52-53 — Animaux au pâturage. (Deux pendants.)

SACCHI DI PAVIA

54 — Une Ordination.

SCHNEIDER

55 — Nature morte.

SCHOEVAERDTS

56-57 — Ports de mer avec nombreux personnages (Deux
pendants.)

SAINT-EVRE (D'après REMBRANDT)

58 — La Ronde de nuit.

TILBORCH

59-60 — Villageois au repos. (Deux pendants.)

TORREGIANI

61 — Combat de cavalerie.

TOURNIÈRES

62 — Portrait d'un seigneur du temps de Louis XIV.

TROYON

63 — Étude de vache (Dessin).

VERBRUGGEN

64 — Le Christ adoré par les anges. (Médaillon entouré d'une guirlande de fleurs.)

ÉCOLE VÉNITIENNE

65 — Portrait d'un gentilhomme en costume du XVIe siècle.

ÉCOLE ITALIENNE

66 — Portrait d'un poëte.

ÉCOLE ITALIENNE

67 — La Madeleine.

ÉCOLE ITALIENNE

68 — Fleurs et Fruits.

ÉCOLE FLAMANDE
(XVIᵉ SIÈCLE)

69-70 — Portraits de dame et de seigneur, avec armoiries.
(Deux pendants.)

ÉCOLE FRANÇAISE

71 — La Lecture de la lettre.

ÉCOLE MODERNE

72 — Sous ce numéro, seront vendus cinq Paysages de
l'École moderne.

CADRES

—

73 — **Trente Bordures** dorées, de diverses dimen-
sions, seront vendues séparément sous ce numéro;
beaux cadres à canneaux et autres modèles.

Renou et Maulde, imprimeurs de la Compagnie des Commissaires-Priseurs,
rue de Rivoli, 141.   27024

180